KB264772

정 진 욱

진주에서 태어났으며 진주중학교를 졸업했고
현재 진주고등학교에 재학 중이다.
어려서는 역사학자를 꿈꾸었지만 지금은 사진작가, 방송 프로듀서가 되는 것이 꿈이다.
보훈처 호국훈장백일장, 흥사단 기러기백일장 등에서 시 부문 수상을 하였고,
경남 청소년예술대전과 MBC전국환경사진공모전에서 대상을 받았다.
그래서 지금은 사진의 본고장인 유럽에 가서 제대로 사진을 한번 찍어볼 궁리를 하고 있는 중이다.
무채색을 좋아하고, 사람들과 어울려 차 마시는 것을 특히 좋아한다.
가족을 사랑하며, 꿈을 이루기 위해 열심인 그는
앞날이 기대되는 싱그러운 대한민국 청년이다

http://cafe.daum.net/01029512446 빛과 세상을 열어주는 공간
jjukok123@hanmail.net

古隱
GoEun Museum of Photography
사진미술관
古隱 문화재단
GoEun Art Foundation

여는 글

내가 어렸을 때부터 어머니는 사진 찍는 것을 좋아하셔서 사진을 찍으러 자주 다니시곤 했다. 그 무렵 어머니 책장에서 찾아낸 사진집은 참으로 재미있었다. 이렇게 시작된 내 사진 찍기는 어머니가 주신 선물인 것 같다. 나는 영상 필터와 렌즈가 신기해 그걸로 장난을 자주 치곤 했다. 지금 생각해보면 우습지만, 그때는 필터 한 개로 하늘 빛깔 뿐만이 아니라 모든 것이 바뀌니 얼마나 재미있었는지 모른다. 그 덕분에 초등학생 때부터 사진부에 들어가 활동하게 되었고, 내가 갖고 있는 카메라가 우리 중에 제일 좋은 카메라였다. 그것이 내 보물 1호였다. 그런데 고등학생이 되면서부터 목표도 달라졌다. 취미로 사진을 찍는 게 아니라, 전문적으로 사진을 찍겠다고 생각을 굳히게 된 것이다. 다행히 어머니께서도 바라는 눈치였다. 그렇게 내 꿈은 역사학자에서 방송 프로듀서로 바뀌었고, 프로 사진가가 되기 위한 길을 걷기 시작했다. 힘든 때도 많았다. 하지만 많은 분들이 주위에서 나를 돌봐주셨다. 그러던 어느 날, 사진과 진정한 만남을 갖게 되었다. 바로 서울 예술의전당에서 하는 매그넘코리아 사진전이었다. 처음 그 소식을 듣고 얼마나 설레었는지 모른다. 그때 많은 사진작가들이 서울의 모습을 찍었다고 한다. 그것을 보면서 '나도 저렇게 전시회를 해야지' 마음을 다잡았다. 그 덕분에 나도 개인전을 몇 번 열 수 있었다. 그때의 감동이란 뭐라 말할 수가 없다. 가슴이 너무 벅차 눈물이 흐를 정도였다. 그 후부터 나는 사진 찍는 일에 중독이 되어버린 것 같다. 그동안 꽤 많은 사진집을 사 보았다. 그 중에서도 특히 김아타 님의 사진은 충격이었다. 너무나 아름다웠다. 사진을 통해 사람들을 이렇게 감동시킬 수 있다니… 나도 사람들에게 그런 감동을 주고 싶다. 그 일을 계기로 내가 찍은 사진과 틈틈이 써온 글을 모아 책을 내게 되었다. 부족한 점이 많은 글과 사진이지만, 나처럼 어린 사람도 무언가를 할 수 있다는 것을 여러분들에게 보여드리고 싶었다. 좀 더 자라게 되면, 더 좋은 글과 사진을 담은 제2, 제3의 책을 통해 여러분과 다시 만나고 싶다. 부족한 책이지만 재미있게 읽어주시기 바란다. 이 책을 보고 웃으면서 카메라를 들고 촬영 나가는 분이 많으면 좋겠다. 사진이란 어려운 것이 아니며, 카메라를 들고 나갈 마음만 있으면 누구나 사진작가가 될 수 있다고 한다. 그러니 모두 좋은 추억을 남기기 바란다. 이 책이 나오도록 많을 분들이 힘을 보태어주셨다. 특히 내가 제일 사랑하는 외할머니와 부모님, 때론 따뜻하게 격려해주시고 때론 따끔하게 혼내시면서 사진이 뭔지 가르쳐주신 조명수 교수님, 늘 칭찬해주시며 따뜻함이 뭔지 가르쳐 주시는 김옥희 선생님 고맙습니다. 앞으로도 열심히 하겠습니다. 그리고 글이 뭔지 가르쳐 준 조아라, 힘내라며 등 두들겨 준 여러 친구들아, 정말 고맙다. 이렇게 많은 사람들에게 사랑을 받을 수 있다니 나는 정말 축복받은 사람이다.

2009년 7월

추천의 글

김수환 추기경의 선종 때 단숨에 달려가 촬영한 후,
가톨릭성심원에서 부활절 봉사 전시회를 열면서
나는 청순하며 진솔한 그의 영상미를 처음 접하게 되었다.
그는 오래전부터 카메라를 다루었던 것처럼
카메라를 들면 열정적으로 돌변하곤 한다. 그런 행동은 타고 난 것 같다.
길을 걷다가 우연히 만난 강아지와도 이야기를 나누며 이내 친구가 되는
그의 인간성은 장미 향기를 느끼게 한다.
아름다운 빛을 보면 순간 시상詩想이 떠오르는지 혼자 중얼대기도 하는데,
나중에 그 시상을 떠올리며 적어 내려가는 그를 바라보고 있다 보면
그의 자유로운 영혼과 젊은 사고가 부럽기만 하다.

2009년 여름, 사진가 조명수

목차

“내가 보지 못하는 세상까지 보여주는
아름다운 벗, 너는 무엇을 보고 있니”

하나,

겨울

칼바람 매서운
고슴도치 털

검은 공처럼 동그란
고슴도치 눈

말을 잃어버린
고슴도치 입술

달아날 곳 없는 고슴도치의
짤막한 다리

“우리 마을 순백의 세상이 되면 좋겠는데
어른들은 어색한 웃음만 짓고 있다”

눈 내리는 날

곱디고운 도화지 위에
발자국이 찍힌다

아이들이 나와 그림을 그린다
동네 개들도 신나서 그림을 그린다
까르르 까르르

더 많이 내려
우리 마을 순백의 세상이 되면 좋겠는데
어른들은 어색한 웃음만 짓고 있다

없는 것 없는 장터에 왔네

풀무질하는 대장장이는 '으샤으샤'
음식 파는 아주머니는 '이리 오이소'
물건 파는 할머니는 '이게 최곱니더 하나 사이소'
생선 파는 아저씨는 '팔딱팔딱 살았심더'

모든 것이 살아있네
세상 돌아가는 것이 보이네

삶의 소리 모두 여기 모여 있으니
어디 한 번 들어 보시게나

장터

장
터
국
밥
국밥
참게탕 참
소국밥
장·터·국·밥
참 게 탕
참게장정석
재첩회덮밥
섬진강재첩국
재 첩 칼국수
강된장채덮밥
산채비빔밥
왕 갈 비 탕
뚝배기곰고기
소고기국밥
돼 지 국 밥
은어
빙어

"삶의 소리 모두 여기 모여 있으니
어디 한 번 들어 보시게나"

피어나기 전
꽃봉오리로 맺혀 있던
긴 기다림의 시간

견디고 견디다가
순간 한 아름 머금은
기쁨의 눈물
한 방울

준비꽃

기억하라

어디서 만난 어떤 책이든
그 안에 담긴
작가의 마음을 들여다 볼 수
있게 해주는
아름다운 글씨들
그들을 만나고 싶어
시공을 넘나든다

그리움, 사랑, 자유

그는 내 마음속에 집을 짓기 시작했어
하나하나 만들어 가는 그의 모습을 보며
기쁨과 행복을 만질 수 있었지

그렇게 서로 마음을 어루만져 주는 사이
집이 완성되었지

그는 슬픈 눈으로 바라보며
다시 나룻배를 짓기 시작했어

하나 둘
그렇게 완성될 때마다
나는 미움과 슬픔을 만져보게 되었지

배가 완성되자
그는 몰래 떠나 버렸어

나는 그가 다시 돌아올까 봐
집을 비워 놓았지만
천년의 강물이 흘러가는 동안
나룻배만 돌아왔어

그리고 또 아득한 시간의 강물이 흐르고
거미줄 가득한 바람만이
그 위를 따라 흐르고 있었지

"그는 내 마음속에 집을 짓기 시작했어."

국화차

찻잔 속에 국화가 떠 있네
노오란 별처럼 떠 있네
첫 모금은 활짝 핀 꽃잎의 향에 취해
두 모금은 저 계곡처럼 깊디깊은 맛에 반해

한 모금, 또 한 모금…

내 핏줄 같은 라엘
그녀의 심장 고동소리를 들으면
즐겁다. 그녀와 함께 고독을
향 해 달 린 다 .
라엘은 내게 손 내밀어 자기
몸을 다 빌려주고, 힘을 불어
넣 어 준 다 .
라엘의 손을 잡고 행복한
여 행 을 떠 난 다 .
라엘의 심장이 멈출 때까지

*라엘 – 내 자건거

내사랑 라엘

발자국

회색빛 하늘 아래
투명한 문을 열고 걸어 들어간다

파란색 바닥 위에 남겨진
과거 현재 미래
그대의 흔적

과거의 흔적은
아무것도 모르는 솜사탕 같다
현재의 흔적은
삶의 무게에 짓눌려 깊이 파여 있다
미래의 흔적은
즐겁고 흥겨워 깃털처럼 가볍다

그대가 남기고 간 흔적에
내 발을 슬며시 맞추어
보는 동안
나의 과거 현재 미래도
훤히 들여다보인다

야간자율학습

조용한 교실, 아무도 없는 걸까 고개 들어 앞을 보니 선생님이 쳐다보고 계신다. 옆을 보니 아이들이 석상 같이 굳어 있다. 비를 보며 감상에 젖고 말똥구리가 굴러가도 웃을 나이인데 다들 뭐가 그리 바쁜지 책을 보고 쓰고 읽기만 한다.

천둥벌거숭이 아이들은 10시가 되자 하나둘 집으로 돌아간다. 무거운 가방을 들긴 했지만 발걸음은 가볍게...

내가 보지 못하는
세상까지 보여주는
아름다운 벗
너는 무엇을 보고 있니

나에게도 다 보여주렴
내 눈은 기울어져 있는데
네 눈은 수평선이구나

내 눈에 비치는 세상이 싫어
네 눈으로 세상을 바라본다
모든 것이 평등해지는
너의 눈을 통해

카메라

"모든 것이 평등해지는 너의 눈을 통해"

30
동피랑1길

진주성

붉은 성벽 사이 촘촘히 이어온 벽돌
그 사이사이 오래된 슬픔이 배어있다

수 천리 흐르는
어두운 물결만을 벗 삼은 채
의암바위는 오늘도 말이 없다

우두커니 서 있는 저 석상
기다렸다는 듯이 나를 위로해준다
꼭 안아 주면
석상도 날 꼭 안아 준다

석상

간이역상회
T:762-5655
국수 라면 계란 김밥
동동주 묵 팥빙수 냉커피

고향

나를 반겨주던 오래된 마을이 있었어
나를 기다리는 오래된 사람들이 있었어

그 속에 파묻어놓고 돌아온 오래된 기억들
사계절 내내 뛰어다녔던 흐릿한 들길
그 들길 걸으며 느꼈던 어머니의 포근함

하지만 이제
딱딱하게 굳어버린 아스
팔트 밖에 없는
그곳

동설루 冬雪淚

겨울 하늘 아름답구나
그대가 흘리는 하야디 하얀 눈물
땅 위에 흩날리니 장관이구나

그 눈물 너무 예뻐 손으로 잡아본다
뭉쳐보면 뭉쳐볼수록
점점 더 자라는 겨울 하늘의 눈물

그대여 왜 우는가
슬퍼서 우는가
나는 그 이유 모르겠으니
동설루가 무엇인지
그대가 대신 말해주기를

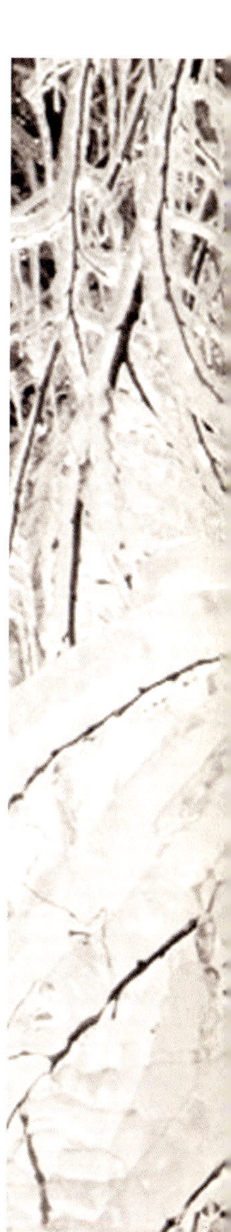

“내게로 전해오는... 내게로 채워지는...”

둘,

"나에게 늘 다른 얼굴로
말하는 그대가 나는 밉다"

변명

그대여,
거짓말 하지 말기를
어리석음을 범하지 말기를

나에게 늘 다른 얼굴로 말하는 그대가
나는 밉다
그대는 나에게 왜 그런 말을 하는가

차라리 솔직하기를
차라리 말하지 말기를

그래서 나는 그대가 밉다

기다리다

길에서 너를 기다렸던 만큼
집에서 네 전화를 기다렸던 만큼

너는 나를 기다려 준 적 있니
너는 나에게 전화를 해 준 적 있니
나를 사랑한 적 있니

너를 사랑하는 그만큼
사랑 그것은
외로움과 같은 것

현대인

현대인
무한 반복되는 일상
죽을 수도
어찌할 수도 없는 가슴앓이
이 슬픈 외로움

기계가 되어가는 것이
무서워
거울을 볼 수 없다네

불로 태워버리고 싶지만
힘없는 나는
목 놓아 울 뿐이네

그 깊이

일심一深은 어디인가
기이한 화초가 피어 있는 곳
이 곳, 사람 사는 곳 아니구나
선관들이 사는 곳
바람조차 알아서 갈 길 가는구나

이심二深은 어디인가
푸른 강이 흐르는 곳
옳다! 여기는 생명이 흐르는 장강
물은 자연의 섭리 거스르지 않고 흐르는구나

삼심三深은 어디인가
우뚝 선 산 하나
한민족 정기를 담은 태백산
한민족의 피가 흐르는 산이로구나

사심四深은 어디인가
깊은 산 속
어찌 이리 나무가 많은가
여기 집 하나 지어놓고
밭 갈며 살아가면 좋겠구나

오심五深은 어디인가
여기가 바로 나의 집
가장 편안한 나만의 공간이니
그 깊이에 가장 어울리는 곳
여기가 바로 오심五深

"어디인가"

"푸른 강이 흐르는 곳
옳다! 여기는 생명이 흐르는 장강"

클래식은 마음을 안정시켜주는 산
트로트는 하루의 삶을 보여주는 장터
락은 희망을 가득 실은 기차
발라드는 우리의 이상향을 보여주는 거울
재즈는 슬픔을 잊게 하는 초콜릿
댄스 음악은 생명을 주는 자유로운 바다

서로 다르지만
모두 이 세상에 꼭 필요한 소리
소리는
우리 마음을 보여주는
넓은 들판 같은 곳

소리

"생명을 주는
자유로운 바다"

"불로 태워버리고 싶지만
힘없는 나는
목 놓아 울 뿐이네"

그 사람이 남기고 간

그 사람이 남기고 간 흔적에는
설렘이 있다
그 사람이 남기고 간 설렘에는
사랑이 있다
그 사람이 남기고 간 사랑에는
행복이 있다
그 사람이 남기고 간 행복에는
슬픔이 있다
그 사람이 남기고 간 슬픔에는
이별이 있다
그 사람이 남기고 간 이별에는
그리움이 있다

지금 당신은 어디 있나요?

김수환 스테파노
추기경을 기억하며…

“그 사람이 남기고 간 이별에는
그리움이 있다”

그 애

그 애가 없다면 난 아무 것도 아니야
살아있지도 못할 것 같아
숨도 쉴 수 없을 거야

너무 괴로워 그 애를 지우려고 애쓰지
하지만 그 애는

내 생각을
비웃기라도 하듯이
머릿속을 떠나지 않고
미소만 짓고 있지

"그 애가 없다면 난 아무 것도 아니야"

바이러스

어느 날 갑자기 침투했다. 나는 바이러스 감염자 그녀를 본 후 감염되고 말았다. 긴 잠복기와 긴 열병 그녀만 보면 심장이 뛰고 얼굴이 붉어진다. 치료약도 없다. 더 심해질 뿐 이제 포기했다. 이 바이러스가 어떤 변이를 일으킬까? 내가 과연 이겨낼 수 있을지 궁금할 뿐.

"내게로 전해오는 할머니의 따뜻한 체온,
내게 채워지는 할머니의 아낌없는 사랑"

새벽 일찍 일어나
무거운 소쿠리 들고 장터로 나가시는 할머니
바스락 바스락 낙엽 밟으며
나도 할머니 뒤를 따라 나선다

'할머니, 추워요' 하면
머리에 쓴 수건을 내 목에 감싸주며
바람 들세라 옷깃을 여며주신다
내게로 전해오는 할머니의 따뜻한 체온

'할머니, 배고파요' 하면
주머니 속에 꼬깃꼬깃 접혀 있던 돈을
내 손에 쥐어 주신다
내게 채워지는 할머니의 아낌없는 사랑

가벼워진 소쿠리를 들고
돌아오시는 할머니
할머니 어깨가 가볍다
내 발걸음도 가볍다

내일 새벽에도 어김없이 찾아올
행복한 일상
새벽달도 소리 없이 미소짓는다

할머니

사이버 세계

언제 이 커다란 감옥에 갇힌 걸까
어쩌다 이런 감옥에 들어오게 된 걸까
언제 어디서든 사이버 세상을 벗어나지 못한다
어딜 가든 한 손에는 폰을
한 손에는 리모컨을 사이버는 내게 쥐어준다

점점 더 사이버의 마성에 인성을 잃어간다
문득 무서운 생각이 든다
사이버가
이 세상을 지배하고
우리 위에 군림하게
되는 것은 아닌지

하지만 나는 곧 눈의 초점을 잃어버린 채
사이버의 세계에 빠져든다

저 창밖의 나뭇가지가
안타까운 듯
씁쓸하게 잎사귀를
흩날리고 있다

그를 따라 그녀를 따라

나 그대 있어 오늘도 그대의 해가 되오
나 그대 있어 오늘도 그대의 침대가 되오
나 그대 있어 오늘도 두근두근
이 심장이 그대를 사랑하오

전 당신이 있어 오늘도 당신의 달이 되지요
전 당신이 있어 오늘도 당신의 이불이 되지요
전 당신이 있어 오늘도 콩닥콩닥
이 심장이 당신을 사랑해요

감옥

내 곁에는 언제나
책 노트 필기도구
어디서나 참고서 문제집

우리는 감정 없는 기계
사시사철 그 가방으로부터
자유로울 수가 없다

"공부가 무엇이기에 내게 족쇄를 채우나"

어머니는 말씀하신다
공부 공부, 또 공부…

내가 더 위기감을 더 느끼고 있다는 사실을
어머니는 모른다

나를 휘감는 우울증
분노와 광기

공부가 무엇이기에
내게 족쇄를 채우나

스스로 할 수 있다고
부모님께 외치고 싶다
세상에 울부짖고 싶다

절규

또 시험이다. 문제지를 보며 옆 아이를 의식하며 그 답을 적는다. 다 적이다. 공공의 적이다. 이기지 못하면 진다는 생각에 쫓겨 여기까지 달려왔다. 시계를 보며 남의 눈치를 보며 욕구에 매달렸다. 쫓겨 쫓겨 힘들지만 두려워서 여기까지 왔다. 슬프지만 나 아니면 너 라 는 생 각 에 여기까지 왔다. 언제나 시험, 공기가 폐로 들어가지 않 을 때 까 지 시 험 시 간 이 다 . 이 시 간 을 벗 어 날 수 는 없 는 걸 까

언제나 나를 떨리게 하네
지리산 나무들과 새싹이 쏟아내는
저 봄 내음

봄내음

"그 날을 생각하면 하늘 위로
내 몸이 솟구치는 것만 같다"

셋,

사랑

새하얀 피부에 서울 말씨
내 마음을 몰라주는 그녀가 밉다
그만 포기할까 하다가도
미련이 남는다

이런 것이 사랑일까

오늘 아침 잠자리에서
마음을 정했다
그녀에게 고백하자고
싫다 하더라도 마음을 전해보자고

난 지금
그녀를 향해 걸어가고 있다

사막

힘들어도 참아야 되네
모래의 갈증에서 벗어나
물을 만날 때까지

도망 갈 곳 없는 이곳은
사방천리 사막

두려움 속에서 아무리 힘들어도
걷고 또 걸을 것

이 사막을 벗어나
자유로운 바람이 될 때까지

"도망 갈 곳 없는 이곳은
사방천리 사막"

바람

부드러운 음률 흩날리더니
크고 작은 소리로 울부짖더니

흔들흔들 자유로이
세상 속을 날아다닌다

느껴라
그 자유로움
어디든지 다 갈 수 있는 너, 바람

"희망은 끝까지
나를 버리지 않는다"

희망

이별 지나 만나게 되듯이
슬픔을 지나 행복이 오듯이
죽음을 지나 생명이 오듯이

어느 순간
따스한 바람
내게로 불어온다
희망은 끝까지
나를 버리지 않는다

"저 너른 세상 어디든지 날아가 볼 거야"

너의 몸은
바람으로 이루어져 있다네

너의 몸은 바람으로 이루어져 있네
그런 네 몸이 부러워
따스한 입김을 불어 보네

네 마음은 물로 이루어져 있네
그런 네 마음이 부러워
종이배 띄워 보네

나는 지금 여린 날갯짓을 하고 있네
네가 부러워
너를 닮고 싶어

언젠가는 널 내려다보며
커다랗게 날갯짓을 할 거야
네가 부러워 할 만큼 높푸른 하늘
날아볼 거야
저 너른 세상 어디든지
날아가 볼 거야

나는 이제
곧 어른이 될 거다
푸른 쪽빛 뽐내는 소년에서
어른이 되는 거다

몇 차례 소나기 맞고
뜨거운 햇볕 속에 영글어
소년의 껍질을 벗고
어른이 되는 거다

그 날을 생각하면
하늘 위로
내 몸이 솟구치는 것만 같다

나눔

과거, 현재 그리고 미래

과거의 나는
아무 것도 모르는 백치와 같았다
절제를 모르는 아이
때 묻지 않은 순백의 눈과 같은

현재의 나는
종착점 없는 기차와 같다
열정으로 뜨거운 청년
붉게 타오르는 태양과 같은

미래의 나는
어떤 목표를 향해 살아가게 될까
검은 양복 차림에 넥타이
아니면 푸른 작업복?

아무 것도 알 수 없지만
저기 도시 속의 빌딩
저 거리를 활보하고 있겠지

고3

시간은 물처럼 흐른다는데
여기까지 오며 얼마나 힘들었나

나는 지금 살아있는 기계
마음속의 문제는 잊어버린 채
속으로 괴로워하며 슬픔을 삭인다

성공하기 위해, 대학가기 위해, 먹고 살기 위해

요동치는 영혼을 가둔 껍질을 깨부수고
힘차게 비상할 그 날까지
저 하늘보다 더 높게 더 멀리 날아갈 그 날까지

"하늘을 보니 독수리가
손에 잡힐 것만 같다"

꿈

어둡고 컴컴한
무지렁이의 절벽 아래였다

아득한 저 위, 독수리가 하늘을 가르며 날고 있었다
그 모습에 반해 독수리를 잡으러 올라가기로 했다
너무 힘들어 포기 하려는데
날갯짓 하고 있는 독수리가 또 보였다
가까스로 산 중턱으로 올라갔다
하늘을 보니 독수리가 손에 잡힐 것만 같다
저 독수리!

지금도 난 저 독수리를 잡기 위해
한 걸음 한 걸음 더 위를 향해 올라간다
내 꿈을 향해

"무엇 때문일까
왜 허기는 채워지지 않는 걸까"

갑자기 배가 고파
너무 배가 고파
참지 못하고
내 머리 속을
뜯어 먹어버렸어

허기는 더 심해졌지
그래서 오장육부를 먹어버렸지
그런데도 가면 갈수록 허기는 더 심해지고
역겨워 구토가 났지만 결국
내 육신까지 먹어치웠어

허지만 허기는 전혀 채워지지 않고
배도 부르지 않았어
무엇 때문일까
왜 허기는 채워지지 않는 걸까

고뇌

시를 쓴다는 것은

시를 쓰는 것은
걸어온 길을 되짚어 보는 일

나를 괴롭히는 것은 바로 나
시침時針 소리를 견디는 것도 괴롭다

과거에 얽매이지 말자
과거는 잊지 못할 고통 속에 잠겨 있다
한 번 떠난 시간은 되돌아 올 곳이 없다
지나간 시간은 이미
죽어버린 시간

산에서

물 따라 나도 간다
물속에 흐르는
산
들
바람

내 마음 속에도
산 들 바람 흐른다

산새들이 지저귀는 숲
흙은 모든 것을 지탱해 주고
나무는 흙에 몸을 맡긴다
물은 나무에게 생명을 주며
바람은 그들을 어루만져준다

나는 싱그러운 흙내음을 맡으며
흐르는 물에 발 담그고
나무에 기대어 쉰다

흔들리는 바람에 나를 맡긴 채
나도 숲 속의 작은 나무가 된다

어울림

"내겐 얼마나 시간이 남아 있는 것일까"

시계

지금도 1분 1초 늙어가고 있다
시계가 똑딱이며 내 눈을 어지럽힌다
계속 노려봐도 흘러만 간다
숨 쉬는 것조차 아쉬워 숨을 멈추어본다

쉬는 것조차 아까워 몸을 움직여본다
내겐 얼마나 시간이 남아 있는 것일까

비오는 날

회색 네모 아래 세워진 네모난 문 밖에서 비가 내린다.
멈추지 않을 듯 비 내린다. 하지만 비온 뒤 동그란 햇살이 눈을 뜨면
어린 풀꽃들이 기지개 펴고 작은 새들도
노 래 부 르 겠 지 .

"어린 풀꽃들이 기지개 펴고 작은 새들도
노래 부르겠지"

"하나의 멋진
작품을 만들기 위해
오늘도 나는 또
퍼즐을 맞춘다"

퍼즐

삶이란
어찌해야 할지 알 수 없는
커다란 퍼즐

쉴 새 없이 조각을 맞춰보지만
조각들은 계속 어긋나기만 한다
끝 부분부터 더듬어가며
다시 맞추어본다

퍼즐에는 일정한 규칙이 있다던데
그것이 퍼즐이 주는 힌트일 텐데

하나의 멋진 작품을 만들기 위해
오늘도 나는 또
퍼즐을 맞춘다

책상 서랍장 안
망가진 안경
투명한 알을 통해
그의 모습을 바라본다

그는 지금 무엇을 하고 있을까
그는 어떻게 되었을까
그는 행복할까

아니,
모든 것이 다 망가진 채
추운 거리를 걷고 있을까
그의 과거는
따뜻한 기쁨으로 가득 차 있었는데

안경을 내려놓는다
그 안경은
이미 내 안경이 아니다

너의 몸은 바람으로 이루어져 있다네

펴낸날 | 2009년 8월 1일 • 1판 1쇄
지은이 | 정진욱
펴낸이 | 김소양
편집주간 | 김삼주
편집 | 김성진, 이윤희, 김소영

펴낸곳 | 도서출판 우리글 • 전화 | 02-566-3410 • 팩스 | 02-566-1164
주소 | 서울시 강남구 역삼동 837-17 삼성애니텔 1001호
이메일 | wrigle@wrigle.com • 홈페이지 | http://www.wrigle.com
출판등록 | 1998년 6월 3일 제03-01074호

도서출판 우리글 2009
Printed in Seoul, Korea

ISBN 978-89-6426-001-2

디자인_디자인홀릭 Tel.070-8118-1796